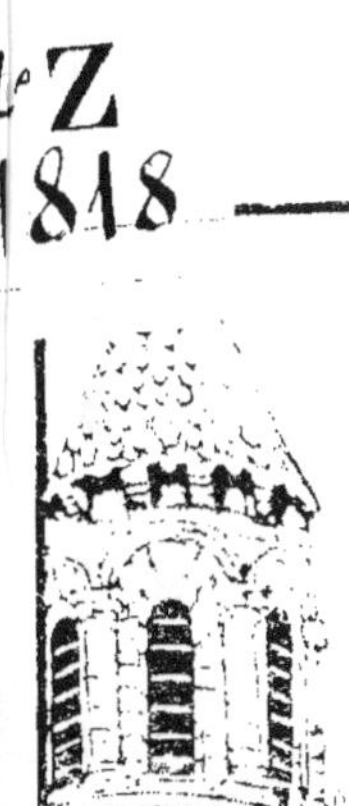

BIBLIOTHÈQUE
DE
L'AMITIÉ DE FRANCE

LES VICTOIRES

PAR

Léon GUILLOT

Gabriel BEAUCHESNE et Cie, éditeurs, rue de Rennes, 117, Paris

1910

LES VICTOIRES

Il a été tiré de ce volume

trois cents exemplaires numérotés à la presse

Exemplaire n°

LES VICTOIRES

PAR

Léon GUILLOT

Gabriel BEAUCHESNE et Cie, éditeurs, rue de Rennes, 117, Paris

1910

PROLOGUE

LE CHANTEUR

Celui qui vit muré dans la nuit de ses sens,
Aveugle et sourd, ignore
Le jour et sa beauté, la splendeur des couchants,
La grâce de l'aurore.

Celui qui veut saisir et garder dans sa main
L'arc-en-ciel qui s'irise,
Comme un pur diamant, s'égare en son chemin
Et meurt de sa méprise.

L'un cherche à retrouver la vie et ses secrets
Au milieu des décombres ;
Sa jeunesse s'épuise en stériles regrets,
Pareil aux pâles Ombres.

Cet autre, furieux, démolit sa maison
Pour faire place rase
A la Cité future. Un jour sur ce Samson
Le mur tombe et l'écrase.

Qu'importe si l'hiver a caché les Avrils
    Sous ses tristes journées !
Qu'importent au chanteur le monde et ses périls,
    Ses propres destinées.

Surmontant le plaisir et domptant le chagrin,
    D'un doigt savant, qu'il tisse
Sur les cordes d'argent ou la trame d'airain
    Un chant qui resplendisse !

*
* *

Toujours le saint vieillard redit les cent batailles
Des héros et des dieux, et les pleurs d'Ilion
Lorsqu'un funeste jour abîma ses murailles.
La rose est immortelle au front d'Anacréon.

J'entends, j'entends toujours tes élans et tes plaintes.
O poussière perdue en quelque froid tombeau ;
Et ce chant qui survit dégagé des étreintes
Mensongères du temps, monte toujours plus beau.

O voix qui célébrez l'amour, ses blancs cortèges,
La gloire, la beauté, dans un chœur émouvant,
Soyez de nos désirs les radieux chorèges.
Notre cœur s'offre à vous comme la mer au vent.

O pères, éveillez sous vos fortes caresses
Ce que vous avez mis, en ce cœur, de meilleur,
Et les nobles ardeurs, et les fières tristesses :
Le rire, devant qui s'effondre le malheur.

Pliez, brisez ce cœur sur un rythme sublime,
Comme une molle cire au souffle d'un beau feu :
Une suprême joie éclairera l'abîme
Comme un rayon jailli du front même de Dieu.

Nous pourrons entonner l'hymne de délivrance.
Humbles et glorieux et marchant dans vos pas,
Vous nous auréolez d'une illustre espérance,
Et par nous vous vivez au delà du trépas.

Alliés à jamais, nous implorons votre aide
Pour mener sans faiblir l'aventureux dessein.
Près de votre bonté notre audace intercède :
Votre sang généreux palpite en notre sein.

Nous redirons, nouveaux, les éternels cantiques
Du chêne millénaire aux branchages touffus.
Nous saurons discerner les rimes prophétiques
Où le peuple n'entend que murmures confus

ORGUEIL

LE LAC

Dans la fraîcheur du lac le vent trempe son aile,
Notre voile se gonfle, et le sillage mêle
Aux reflets de l'azur de longs frissons d'argent.
Neigeux, autour de nous des cygnes vont nageant :
Et les monts renversés se plissent sous les lames.
Une barque qui court en agitant ses rames
Semble à nos yeux ravis naviguer dans le ciel.
Le paysage bleu tremble, immatériel.
Le rythme de nos bonds sur l'eau claire déploie
Des écharpes de moire et d'impalpable soie.
Confiants, éblouis, sans voir où nous fuyons.
Nos cœurs prennent leur vol, soleil, sur les rayons.
Nos espoirs enlacés qui chantent à la proue
Ont des accents plus doux qu'une flûte qui joue.
Nous croyons éternel ce beau lac familier
Où nous plongeons nos mains pour saisir le collier
De perles qui toujours entre nos doigts s'égrène ;
Et nous rions de voir tomber cette eau si vaine !
Enfants trop ignorants pour n'être pas joyeux.
La rive retentit de nos cris radieux ;
Sous la quille les flots s'enroulent en volutes ;
Lumière, chants épars, vagues souffles de flûtes.

LE CHATEAU

Le vieux château solitaire
Gît, perdu dans la forêt :
Dans la forêt du mystère,
Du silence et du secret.

L'hiver le cerne de neige.
Ses chemins sont obstrués.
Les vents pour faire son siège
Contre lui se sont rués.

Et le vieux château frissonne
Des assises aux créneaux.
Pour le défendre, personne !
Voici déjà les corbeaux.

Leur aile sinistre effleure
— Mêlés aux blancs tourbillons —
Le front d'un enfant qui pleure
Contre de durs croisillons.

Prisonnier de la tourmente,
De l'eau noire des fossés.
Son triste cœur se lamente
Dans le cri des vents glacés.

D'un œil distrait il se borne,
Appuyé contre un meneau,
A suivre la lente et morne
Chute des flocons dans l'eau.

LA CHIMÈRE

Dans le soir enflammé, des gemmes et des ors
Sous l'orbe du soleil s'envolaient en poussière ;
Déjà s'illuminait l'opaline rivière
Qui roule au firmament ses limpides trésors.

Du temple bleu d'encens où tintaient les Kinnors,
— Comme descend du ciel l'orageuse lumière —
Ton élan m'emporta, les mains à ta crinière,
Les genoux à tes flancs, sans rênes et sans mors.

Et chaque battement de ta plume dorée
Qui repoussait la terre, attirait l'Empyrée
Ardemment appelé par l'effort de tes reins.

Semblable au naufragé, pris dans la vague creuse
Que simulait ton aile, et le front dans tes crins,
Je tremblais, suffoqué par l'horreur ténébreuse.

EXTASE

Ma douloureuse cécité
Ne durerait pas éternelle,
Je pressentais une clarté
Dont s'enivrerait ma prunelle.

Mon oreille attendait la voix
Dont l'accent serait ineffable,
Et tu réjouissais mes doigts,
Suavité de l'impalpable.

Un nouveau sens, ailé, subtil,
Comme une fleur tout près d'éclore.
Me délivrerait de l'exil
D'où j'appelais en vain l'aurore.

Mon cœur étouffe de plaisir,
Ah! quelle volupté m'inonde!
Victoire! enfin je vais saisir
Moi, nouvel homme, un nouveau monde

LE FEU

De quel embrasement sublime
Ou bien affreux,
Suis-je héros ou bien victime,
Ah! malheureux?

Feu hasardeux? Flamme divine?
Subtil tourment
Qui viens chercher dans ma poitrine
Ton aliment.

J'ai, pour que ta force s'apaise,
Brisé mon cœur;
Depuis ce moment la fournaise
Gronde en fureur.

Es-tu semblable à la démence
Du triste vent,
Dont l'effort toujours recommence,
Si décevant?

La vague qui blanchit d'écume,
Orgueil des eaux,
Dont le courage se consume
En vains assauts,

Est-ce ta sœur, toi dont je brûle,
Toi dont je luis,
Audace, devant qui recule
L'effroi des nuits?

Ton ardeur va-t-elle me rendre
    Tison obscur?
Survivra-t-elle dans ma cendre,
    Lingot d'or pur?

LE JET D'EAU

La vasque du jet d'eau luit comme un miroir rond
        Posé sur la mousse brune ;
Son orbe réfléchit des feuilles, un vieux tronc,
        L'argent du ciel et la lune.

Le silence immobile et lumineux du parc
        Autour du bassin se fige :
Au fond du ciel nacré, le croissant tend son arc :
        La fleur penche sur sa tige.

Un désir onduleux dans la vasque a frémi,
        Brisé le miroir s'émiette,
Et le jet fulgurant s'élance comme un cri,
        Au sein de la nuit muette.

Il darde vers le ciel sa pointe de cristal
        Comme une blanche fusée,
Mais son élan cassé par un arrêt fatal
        Retombe en vaine rosée.

« Je saurai vous atteindre, astres qui blémissez
        Au fond de l'éther immense ! »
Les essors qui montaient se renversent blessés
        Et pleurent dans le silence.

« Ma force doit trouver le chemin non frayé,
        Je déchirerai vos voiles ! »
Ah ! jet d'eau frissonnant qui danse sur un pied
        Et croit saisir les étoiles !

« *Mes désirs renaîtront plus vivants et plus forts,*
Et je vaincrai la fortune! »
Invincibles espoirs, inutiles efforts,
Qui sanglotez à la lune !

DÉSESPOIR

Tu te plains et tu dis, montrant le poing au ciel :
Qui donc mit dans la coupe où je buvais le miel
Ces rancœurs, ces dégoûts, cette noire amertume ?
Et qui donc a voilé d'une subite brume
La plaine qui riait aux regards du soleil ?
Pourquoi ne plus dormir, puisque dès mon réveil
Mes yeux trouvent la nuit, l'horreur et le silence ?
Et pourquoi mon désir, aussitôt qu'il s'élance,
Retombe-t-il en moi pleurant de désespoir ?
Que maudits soient le jour et les langueurs du soir,
Que l'amour soit maudit et maudite la vie :
Mon âme gît lassée et n'est point assouvie.

LA NATURE

APAISEMENT

J'aurais voulu chanter la gloire de Palmyre
Dont le marbre écroulé s'ombrage de lauriers,
Et mon rêve s'endort vers l'étang où se mire
Le frisson vert des peupliers.

J'aurais voulu, bercé par la mer des Tropiques.
Éblouir mes désirs du flot phosphorescent ;
Je n'ai vu que les blés aux houles pacifiques
Flamber quand le soleil descend.

En vain d'un poing nerveux j'ai saisi la chimère
Qui devait m'emporter jusqu'aux sources du jour.
Seul mon espoir a fui. L'expérience amère
M'accable encor d'un poids plus lourd.

Et las, le front baissé, parmi les feuilles mortes,
Qui d'une neige d'or ont couvert le sentier,
J'erre. Le chêne étend sur moi ses branches fortes
Dont le fruit craque sous mon pied.

* *
* * *

Pendant qu'il fatiguait l'écho de plaintes vaines,
Mon cœur un jour sentit, qui s'infiltrait en lui,
La secrète douceur des tranquilles fontaines
Où se reflétait son ennui.

Inondés de soleil, voilés par les bruines,
Ou bien auréolés par les splendeurs du soir,
Mes hauts débris d'orgueil montent, belles ruines,
    Au désert de mon désespoir.

Le printemps a lissé sur eux de vertes housses,
Et la rose et l'œillet gaiement les ont fardés :
Et vos vivants rideaux, branches pourpres et rousses,
    Pendent sur les murs lézardés.

Sur eux court un ruisseau de sève créatrice,
Ornés et soutenus par un lierre éternel :
Et dans l'azur jaillit, hors d'une cicatrice,
    Un buis au feuillage immortel.

LES CHÈVRES DE PAN

Chèvres blanches de Pan, j'ai sucé vos mamelles
Lorsque bien jeune encor, pour apaiser mes pleurs
Vous tendiez à ma soif ces amphores jumelles
Où je buvais le suc mystique et doux des fleurs.

Votre amour inquiet veilla sur mon enfance ;
Vous erriez tout le jour à l'écart des maisons,
Mais, dans la nuit sereine, ô chèvres du silence,
J'ai dormi bien souvent sur vos riches toisons.

Puis vous m'avez conduit jouer sur les collines
Où vous m'avez appris la source et le rocher,
Le printemps, qui fleurit les blanches aubépines
Et parfume le miel mûri dans le rucher.

Vous m'avez fait asseoir sur le bord des clairières,
Respirer la fraîcheur et la paix à longs traits ;
Avec vous j'ai connu, mes chères nourricières,
L'humide obscurité des profondes forêts.

Suivant vos pieds errants, ô chèvres du caprice,
J'ai gravi le sommet à pas audacieux
Où j'ai su dédaigner l'effroi du précipice
Pour vous voir de plus près, inaccessibles cieux.

Sur le pic solitaire où plane le vertige,
Je me suis enivré, pendant des jours sans fin,
De la terre et du ciel, ainsi que d'un prodige,
Pendant que vous broutiez, auprès de moi, le thym.

J'ai regardé la plaine à l'ondoyant visage
S'émouvoir aux regards lumineux du printemps
Et triste s'affliger de l'ombre d'un nuage.
J'ai, comme des yeux clairs, vu luire les étangs.

Des Heures et des Mois les inlassables rondes
Qui s'enlaçaient autour des fuyantes saisons
Ont enchanté mes jours, ô chèvres vagabondes,
Et dans mon cœur serein dorment les horizons.

Je sais l'or éclatant des grappes de cytise
Et je puis évoquer, lorsque j'en suis trop loin,
Les parfums de l'automne ou la senteur exquise
Qui traîne sur les prés où se fane le foin.

Le bruit de l'eau courante et les douces fumées
Qui mettent un panache aux mousses des vieux toits
S'élèvent dans mon âme, ô mes chèvres aimées,
Ainsi que le frisson mélodieux des bois.

**

Car j'ai voulu dompter les bonds de votre course
Et vous faire accourir quand vibrait mon appel ;
Déjà vous veniez boire à l'onde de ma source,
Dans le creux de ma main manger des grains de sel.

Sous l'effort de mon bras j'ai fait ployer vos cornes
Et j'ai discipliné la grâce de vos pieds,
Contenu vos élans au cercle de mes bornes
Et conduit votre marche au gré de mes sentiers.

Dociles maintenant sachez me reconnaître,
Chèvres, obéissez à l'ordre impérieux
De l'enfant d'autrefois. aujourd'hui votre maître,
Lorsqu'il veut se revoir au miroir de vos yeux.

LA SOURCE

Le regret de la paix qui tombe des feuillages
A fait s'enfuir mes pas loin des mornes cités,
Forêt, vers tes palais de mousses et d'ombrages
Par un doux souvenir dans mon cœur suscités.

J'ai repris le chemin défoncé par l'ornière
Que creuse en gémissant le pesant chariot,
J'ai revu ta clarté, lumineuse clairière
Qu'enchante la chanson du tendre loriot.

Bientôt dans les taillis le sentier qui me guide
Hésite, puis se perd; et plus loin qu'autrefois,
En écartant la branche et la ronce perfide,
Ma marche se hasarde au plus profond des bois.

Ma main rougit de sang le fourré qui la pique,
Je trébuche en suivant le filet d'eau muet
Dont la source est cachée en un lieu maléfique
Qu'un charme tout-puissant garde à jamais secret.

Puis un noir défilé de rocs vêtus de lierre
Me saisit dans sa gorge, et m'arrête, marcheur
En quête de trouver la nymphe prisonnière
Dont le souffle entretient cette obscure fraîcheur.

Que verrai-je ? La Vouivre en son glauque repaire
Et près d'elle briller sur l'herbe un clair béryl ?
Sera-ce Mélusine ? à moins que solitaire
Armide n'apparaisse ?... ô séduisant péril !

De chênes au tronc haut s'allonge une avenue
Où d'obliques rayons teints des pourpres du soir
Tombent, et sous l'abri de la voûte touffue
Resplendit sur la mousse un liquide miroir.

C'est la fée aux yeux verts ! C'est la source ! J'avance.
J'ai longtemps contemplé, dans le calme de l'eau,
La figure immobile et grave du Silence,
Son beau front couronné d'un souple et vert rameau.

PAYSAGES

I. — LA PLAINE

Jusqu'à l'horizon bleu la route droite et blanche
Comme un sillage ondule aux vagues du terrain.
Les épis blonds et roux éparpillent leur grain
Et semblent écumer sous le vent qui les penche.

Au mur gris des maisons pend la faux à long manche,
A terre gît le soc rouge comme l'airain.
Les champs brûlent livrés à l'été souverain.
Des bigarreaux en feu luisent sur une branche.

Les bois sont embaumés par une odeur de miel.
Entre les troncs moussus, comme des pans de ciel
D'immobiles étangs rêvent mélancoliques.

Et par delà les flots rutilants de blé mûr,
Par delà les maïs aux feuilles métalliques,
Le Jura violet barre le clair azur.

II. — LE VIGNOBLE

La falaise au flanc gris qui surplombe la plaine
Découpe sur le ciel ses caps et ses récifs
Et semble encore offrir ses calcaires massifs
Aux assauts d'une mer depuis longtemps lointaine.

Un bois penche aujourd'hui sur la roche hautaine
Que polirent les flots d'océans primitifs,
Le cep à son abri tord ses sarments lascifs,
Entre les éboulis murmure une fontaine.

Les hameaux aux toits bruns sont blottis dans des fiords
Que Midi. de soleil, a rempli jusqu'aux bords.
L'ombre pend au rocher comme un essaim d'abeilles.

Sur les pentes, la vigne étage ses carrés
Et Septembre dispose en ces vastes corbeilles
Les pêches de velours et les raisins pourprés.

III. — LE PLATEAU

Une mare blêmit où pointent des roseaux ;
Derrière, des champs bruns que cernent des pierrailles ;
Puis des prés jusqu'au ciel étirent leurs grisailles ;
Un arbre à l'horizon élargit ses rameaux.

Des feux tremblent craintifs dans de lointains hameaux,
Une lueur livide éclaire les broussailles
Et, comme s'ils volaient vers de rouges batailles,
Des nuages hâtifs glissent, tels des corbeaux.

Aux fossés, aux buissons, partout la nuit pullule,
Et voici que s'éteint le pâle crépuscule
Qui rêvait attardé sur le bord des talus.

L'herbe sèche frissonne au vent le long des sentes.
Obstinés comme un glas, de grêles angelus
Tintent, pleurant le deuil des étoiles absentes.

IV. — LA COMBE

Dans la combe où la lune a laissé choir sa traîne
S'irisent sur les prés des flaques de vapeurs ;
Des senteurs de résine et des parfums de fleurs
Se mêlent, alternés comme une double haleine.

Un silence hésitant et qui se pose à peine
Semble à flocons légers descendre des hauteurs.
Par moment dans les bois s'élèvent des rumeurs
Qui se perdent au sein de la forêt sereine.

Des sapins élancés s'aiguisent sur le bord
De la couche où la nuit lumineuse s'endort
Et montent autour d'elle une hautaine garde.

Ils raidissent, muets, leurs grands fûts écailleux
Pendant qu'entre leurs troncs, la lune qui regarde,
Jette leur ombre noire aux pentes des prés bleus.

LES HÉROS

LES MUSES

Couronne de lumière au front pur du génie
Que vous environnez d'un éclat immortel,
Muses, filles du ciel, Ordre, Grâce, Harmonie,
Divines, je me courbe au pied de votre autel.

Vos mains cueillaient jadis le myrte, l'hyacinthe ;
Tous les fronts s'inclinaient sous vos sceptres légers,
Vous enfermiez le monde en une blanche enceinte,
Votre souffle animait la flûte des bergers.

Le pur rayonnement de vos larges prunelles
Éclairait le combat de l'homme et du Destin ;
Vos accords mariaient en trames éternelles
La louange des dieux aux rires du festin.

Tous les cœurs subjugués sous votre unique empire
Adoraient vos secrets, belle Fatalité ;
L'angoisse, la douleur fondaient sous le sourire
De celles qui vivaient dans la sérénité.

* * *

Quel vent a dispersé les odorants pétales ?
Quelle ardeur a flétri votre brillant laurier ?
Et quels sont, dans vos mains tremblantes et si pâles,
Ces clous et teints de sang ces rameaux d'olivier ?

Quel désir aujourd'hui trop puissant vous écrase,
Vous si belles qu'Amour n'osa pas vous blesser ?
Le corps émacié, les yeux brûlants d'extase,
Pour quel Dieu voulez-vous vos temples délaisser ?

La torche est allumée en de froides ténèbres :
Le soleil oublié dans l'océan s'endort ;
D'étranges chants plaintifs, exultants et funèbres.
Célèbrent l'appétit et l'effroi de la Mort.

Et bientôt vous fuyez devant le triste impie
Dont le stérile orgueil a seul guidé les pas.
Il brise vos autels, sa fureur vous renie :
Il vous cherche, Sagesse, et ne vous trouve pas.

La clameur de l'orage est douce auprès des lyres
Qui lancent vers les cieux de tragiques appels ;
La terreur, les sanglots et les sombres délires
Grondent. espoirs déçus de destins immortels.

*
* *

Muses, protégez-nous des funestes tempêtes,
Que s'apaisent les flots à vos tendres accords ;
Faites surgir le temple, au son de vos trompettes,
Dont l'aspect calmera soucis. craintes. remords.

Riantes, vous versez sur les forêts profondes,
Sur les champs assoupis et le bruit des cités,
Sur les antres muets, sur le fracas des ondes,
Un charme. doux aux cœurs les plus déshérités.

Nous le recueillerons, contemplant le sourire
Mystérieux qui luit le soir sur l'horizon ;
Notre âme comprendra, de la nuit qui soupire
Vers les étoiles d'or, la suave oraison.

Nous irons nous asseoir sous les anciens portiques
Encor tout parfumés par l'encens de vos noms :
Nous y verrons passer vos candides tuniques,
Et vos tresses de pourpre, et l'éclat de vos fronts.

Mais nous admirerons, sublimes, vos images,
Dans le ciel translucide et bleu de nos vitraux ;
Une noble pudeur embellit vos visages ;
Saintes, vous nous touchez par des attraits nouveaux.

Votre antique beauté revit, mais une flamme
D'héroïsme en sa fleur, de tendresse et de foi
En jaillit, dissipant toute ombre, sur notre âme.
Muses, au Bois Sacré, dictez-nous votre loi.

LES TEMPLES

INVOCATION

« *Temples sereins posés ainsi que des couronnes*
    Sur la cime auguste des monts,
Profils d'or sur l'azur de superbes colonnes,
    Palais des dieux, nous vous aimons.

Nous vous aimons pour votre grâce, ô Propylées !
    O marbres dressés vers les cieux,
Habitacles divins des Victoires ailées,
    Vous, nos joyaux très précieux !

Nous vous aimons, honneur des caps, orgueil des îles,
    Pour vos longues fidélités
A conserver pour nous vos gestes immobiles
    Et vos suprêmes majestés.

Fraîches sources d'eau vive ! ô puits intarissables
    Sous le torride firmament !
Fontaines d'oasis jaillissant dans les sables
    Où nous buvons l'apaisement !

Brasiers toujours brûlants, la douceur de vos flammes
    Réchauffe les pauvres humains.
Vous êtes l'aliment mystique de nos âmes,
    Pains pétris de nos propres mains !

Brillez, toujours plus clairs, signes de la victoire
        Sur notre terrible destin,
Héros libérateurs et vainqueurs de la Moire,
        Comme de l'ombre, le matin.

Hymnes de paix, hymnes d'amour, hymnes de joie.
        Vous nous enivrez de fierté :
La docile matière à nos désirs se ploie,
        Nous pouvons créer la Beauté. »

LE CHANT DU MARBRE

J'étais modeste et pauvre et petit, autrefois ;
Des murs de terre sèche et des piliers de bois
Étayaient gauchement mon toit en pierres plates ;
Mon front n'était pas ceint de bandeaux écarlates
Comme ceux que Zeuxis a peints sur mes parois,
Mais j'abritais vos dieux, vos pères et vos rois.
Des aèdes chantaient le long récit des guerres
Dont vous voyez l'image au relief de mes pierres.
Près de moi les vieillards graves venaient s'asseoir
Et causaient, dans la paix et le calme du soir.
Je grandissais au son des chants et de la lyre.

Comme vous conservez le fabuleux navire
Qui partit conquérir Médée et la toison,
Vous avez su parer votre antique maison
Sans que rien ne changeât l'aspect de son visage :
Beau vaisseau respecté du vent et de l'orage,
Qui traverse les jours chargé du souvenir
De ceux qui ne sont plus pour ceux qui vont venir.
Vous avez allégé la lourdeur de ma forme,
Mis des fuseaux de marbre où ployaient des troncs d'orme,
Posé sur mon pinacle un quadrige d'airain ;
Vous m'avez fait palais auguste et souverain ;

Et malgré mes frontons, mes fresques, mes piliers,
Vos pères trouveraient mes contours familiers,
Reconnaîtraient leurs dieux, quoique incrustés d'ivoires.
Et me béniraient, ruche où volent les Victoires.

Autour de mon front blanc luit un nimbe d'amour,
Mon sourire est plus doux que la clarté du jour.
Le soleil m'a doré d'une rouille divine,
J'éblouis l'univers, debout sur la colline.
Si je brille à vos yeux d'une telle splendeur,
C'est que vous avez su garder dans votre cœur
Le respect du passé, de ses dieux, de ses signes;
Vous avez fait fleurir la grâce de mes lignes.
Vous m'avez revêtu d'une sérénité
Qui donne à mes frontons l'aspect d'éternité.
Pour avoir simplement voulu, chers Éphémères,
Orner en fils pieux la maison de vos pères.

LA CATHÉDRALE

Haut par delà les toits des bouges, des palais,
Suprême essor dardé vers la paix sidérale,
Plus haut que ta clameur, Ville, — chanson ou râle, —
Dans les nimbes du soir pourpres et violets.
S'élance au ciel la cathédrale.

Dans le noir crépuscule elle flambe, brasier :
Sa masse s'accentue et son profil s'épure :
O Montagne ! elle a pris la superbe figure
Avec tes rochers gris, tes cristaux, ton glacier,
Et t'égale par sa structure.

Centre de l'horizon, le sommet de la tour
Dans l'air silencieux dresse son pic sonore
Qui chante quand midi d'un beau soleil le dore.
Qui pleure à grands sanglots la défaite du jour,
Et célèbre la blanche aurore.

Mouvante majesté, profond lac de fraîcheur,
Innombrable forêt dont le silence austère
Est le recueillement éternel de la terre,
Avec tes troncs puissants à la mâle vigueur
Elle a dérobé ton mystère.

Elle a pressé l'azur, ce soutien irréel,
Pour supporter le poids de ces voûtes de pierre,
Et fait des pans de mur, soleil, de la lumière :
Elle a serti de plomb le mobile arc-en-ciel
Dans son vitrail et sa verrière.

O chant ! où l'âme monte et plane sans efforts,
Comme légèrement vers Dieu tu nous soulèves !
Et l'orgue ! qui soudain, s'éveillant de ses rêves,
Perce cette douceur par d'éclatants accords
Qui fulgurent comme des glaives !

L'ÉGLISE

Qu'elle dresse sa coque grise
Ou blanche au sommet d'un coteau,
Qu'elle la penche au bord de l'eau
Et semble un vaisseau qui s'enlize.
La vieille église :

C'est notre bonne église fraîche
A l'asthmatique harmonium,
Que fleurit un géranium,
Qui toujours malgré mainte brèche
Lance sa flèche

Au-dessus du vieux cimetière,
— Vers l'Au-Delà grand cri d'espoir. —
Ombre le jour, lueur le soir,
Elle garde la nuit entière
Une lumière.

Demeure antique et vénérable,
— Odeur d'encens, cierges en feu —
Qui conserves, temple de Dieu,
Avec quelque naïf retable
La Sainte Table

Nef éternelle et souveraine,
Pleine de chants et d'oraisons,
Qui vogues parmi nos maisons,
Porte-nous vers la paix sereine
Dans ta carène.

AU PAYS SANS NOM

Nul prodige de marbre au haut de tes collines
Ni sur tes rochers gris où flotte le brouillard
Ne dresse dans l'azur l'orgueil de ses ruines.

La mer ne pleure pas ses plaintes sybillines
Contre les rocs, trépieds des miracles de l'art.
O Terres ! nulle voix ne vous nomma divines.

***

Jamais aux éperons de tes fiers promontoires
Qui dominent ta plaine et ses bois et ses blés
Ne s'est posé le vol triomphal des Victoires :

Ignorant les héros de tes vieilles histoires
Qui dorment en ton sein dans leurs tombeaux comblés,
La lyre de l'aède a négligé tes gloires.

***

Tes saisons sans douceur, tes monuments sans grâce,
N'attirent pas vers toi le promeneur oisif ;
Qu'importe ! si ton sol peut conserver la trace

De nos rudes aïeux dont tu portas la race,
Si l'ombre de ton nom voile mon cœur pensif
Comme l'ombre des monts se répand dans l'espace.

LA CITÉ

Quel clair sourire — est-ce d'automne ? est-ce d'avril ? —
S'égaie au ciel parmi des reflets de béryl,
Palpite au mouvement de la vague marine,
Scintille sur les prés et luit sur la forêt !
Quelle aube de bonheur en mon cœur s'illumine
Et quel nouveau soleil à l'horizon paraît
Qui fait fuir de la nuit les terreurs dispersées.
Renouvelle le monde, ordonne le chaos !
De flèches sans merci les Hydres sont percées :
Le Monstre épouvanté fuit devant le héros :
La nature et les mers, tout devient harmonie.
Car un rythme divin dompte leur symphonie.

Vainqueur, le pied posé sur la nuit en débris,
Le jour croît. L'air frémit. Sur les brillantes roches
Le temple immarcescible aux chapiteaux fleuris
Rayonne. Dans l'azur passe le chant des cloches.
Cependant qu'en l'obscur d'un bois silencieux
Votre ronde se noue, ô Muses aux beaux yeux ;
Les Elfes, les Péris, les Naïades, les Fées,
Cueillent près du ruisseau leurs odorants trophées.

Sur la mer, des vaisseaux tout flammes et pavois
D'un éperon joyeux coupant les vagues creuses,
Chargés de fleurs et pleins de rires et de voix.
Cinglent vers les espoirs des Iles Bienheureuses.

Comme une onde jaillit, la chanson d'un roseau
Monte dans l'air léger, — fluide, musicale.
Tombe perle après perle. et puis lente s'étale,
Pour de nouveau bondir et prendre en son réseau
Sonore, la beauté qui dans le ciel se joue.
Quel souffle surhumain. berger, gonfle la joue
Et te fait délaisser ton cruel aiguillon ?
Car ton troupeau n'est plus qu'une blancheur mouvante.
Est-ce Pan qui t'instruit ? ou les doigts d'Apollon
Vont-ils guidant les tiens sur sa flûte savante ?
Surpris par tes doux airs le rude laboureur
S'étonne d'écouter leur écho dans son cœur.

Le vieux monde s'écroule et sur ses noirs décombres
S'élève la Cité, ses clartés et ses ombres,
Où tout revit serein, calme, transfiguré.
Comme du haut d'un mont les monotones plaines
Semblent aux yeux ravis un mirage azuré,
Les vains désirs, les cris, les délires, les peines
Brillent, environnés par l'éther vaporeux.
O Walhalla promis aux guerriers valeureux !
— Mais n'es-tu pas, mon cœur. ce héros qui lui-même
En face du destin, beau comme l'orient,
Attache sur son front et grave et souriant
Le bandeau du triomphe : un mince diadème.

6963. — Grenoble, imprimerie ALLIER FRÈRES

www.ingramcontent.com/pod-product-compliance
Lightning Source LLC
LaVergne TN
LVHW022336170726
843503LV00008B/3382